AF460735

17 JUIN 1913 99 FN

OBJETS D'ART

ET DE

CURIOSITÉ

FAIENCES ET PORCELAINES ANCIENNES

TABLEAUX

Sculptures des XVe et XVIe Siècles

TAPISSERIE RENAISSANCE

ÉTOFFES

PARIS 1913

CATALOGUE

DES

OBJETS D'ART

ET

DE CURIOSITÉ

FAIENCES ET PORCELAINES ANCIENNES

TABLEAUX

PIERRES ET BOIS SCULPTÉS

Des XVe et XVIe siècles

OBJETS VARIÉS

TAPISSERIE RENAISSANCE

ETOFFES

Garniture de Lit complète du XVIIe Siècle

DONT LA VENTE AUX ENCHÈRES PUBLIQUES AURA LIEU

HOTEL DROUOT, SALLE N° 10

LE MARDI 17 JUIN 1913

à deux heures

COMMISSAIRE-PRISEUR

Me ROBERT BIGNON, 41, rue de la Victoire

EXPERTS

Pour les Faiences et Porcelaines :

M. CAILLOT

52, rue de la Victoire

Pour les Objets d'art :

M. HENRI LEMAN

37, rue Laffitte

EXPOSITION PUBLIQUE

Le Lundi 16 Juin 1913, de 1 heure 1/2 à 6 heures

CONDITIONS DE LA VENTE

Elle sera faite au comptant

Les adjudicataires paieront *dix pour cent* en sus des enchères

Paris. — Imp. de l'Art, Ch. Berger, 41, rue de la Victoire.

DÉSIGNATION

FAIENCES ET PORCELAINES

ANCIENNES

1 — **Allemagne**. Cygne en ancienne faïence allemande; décor bleu et manganèse.

Haut., 20 cent.; long., 27 cent.

2 — **Chine**. Légumier à six pans, son couvercle et son plateau en ancienne porcelaine de Chine de la Compagnie des Indes; décor polychrome de bouquets de fleurs. Le bouton du couvercle est formé d'une tulipe.

3 — **Chine**. Cinq plats longs, à pans coupés, de dimensions différentes, en ancienne porcelaine de Chine de la Compagnie des Indes, de décor semblable au légumier.

4 — **Chine et Paris**. Deux cafetières sans couvercle, une en ancienne porcelaine de Chine de la Compagnie des Indes et l'autre en ancienne porcelaine de Paris, décorée de bouquets de fleurs.

5 — **Delft.** Tire-lire, en forme de gourde, à deux renflements, sur piédouche, en ancienne faïence de Delft; décor camaïeu bleu de branchages de fleurs, feuillages et ornements divers. Marque : *K V S* dans le décor.

Haut., 23 cent ; diam., 11 cent.

6 — **Delft.** Deux cruches : Bonhomme et bonne femme, avec anses formées de branchages verts, en ancienne faïence de Delft, à riche décor polychrome de bouquets de fleurs et ornements divers. (Ces pièces forment fontaine.) Marque *à la griffe.*

Haut., 29 cent.

7 — **Delft.** Paire de tulipières, de forme octogonale, à deux renflements, sur piédouches, avec treize goulots, en ancienne faïence de Delft; décor camaïeu bleu de fleurs, feuillages et ornements divers. Marque : *A K.*

Haut., 28 cent.

8 — **Delft.** Petit plat rond côtelé en ancienne faïence de Delft ; décor bleu, rouge et or dans le goût japonais de la fabrique d'*Adrian Pynacker.* Marque : *A P K.*

Diam., 255 millim.

9 — **Delft.** Grand plat rond en ancienne faïence de Delft, décor bleu, rouge et or, d'*Adrian Pynacker :* deux personnages chinois dans un paysage, avec pagode, balustrade, table avec vase fleuri, draperies, oiseaux, papillon et ornements divers. Marque : *A P K.*

Diam., 34 cent.

Très belle pièce d'une conservation parfaite.

10 — **Marseille**. Assiette, à bord découpé, en ancienne faïence de Marseille, de *Robert;* décor polychrome et or de bouquets de fleurs et insectes.

11 — **Marseille.** Six assiettes, à bord découpé peigné de vert, en ancienne faïence de Marseille, de la *Veuve Perrin ;* décor polychrome de bouquets de fleurs.

12 — **Marseille.** Deux assiettes, à bord contourné peigné de carmin, en ancienne faïence de Marseille ; décor polychrome. Au fond, grand bouquet de fleurs et feuillages et, sur le marli, quatre petits bouquets de fleurs.

13 — **Moustiers**. Grand légumier ovale, avec anses formées par des branchages et son couvercle, en ancienne faïence de Moustiers, de la fabrique de *Ferrat;* décor polychrome de paysages avec personnages.

Long., 34 cent.

14 — **Moustiers.** Petit plat, de forme oblongue, à bord découpé, en ancienne faïence de Moustiers; décor camaïeu bleu dans le goût de *Bérain.*

Long., 30 cent.

15 — **Moustiers**. Très grand et beau plat en ancienne faïence de Moustiers ; décor camaïeu bleu. Au fond, grand médaillon renfermant un sujet de *Chasse au chamois,* d'après Tempesta. Le marli est couvert d'un lambrequin.

Diam., 53 cent.

16 — **Porcelaine étrangère.** Tasse à café sans soucoupe en ancienne porcelaine; décor polychrome et or. Dans un médaillon lobé cerclé or, sujet champêtre avec personnages et cavalier sonnant du cor, dans la manière des porcelaines de Saxe. Au revers, marque en bleu composée de deux épées croisées et d'un yatagan.

17 — **Rouen**. Jardinière-applique, à cinq pans, en ancienne faïence de Rouen ; décor bleu et rouge de guirlande et pendentifs.

Haut., 12 cent.; larg., 21 cent.

18 — **Rouen**. Deux jardinières-appliques demi-lune côtelée en ancienne faïence de Rouen polychrome ; décor *à la corne*.

Haut., 11 cent. ; larg., 20 cent.

19 — **Rouen**. Assiette, à bord contourné, en ancienne faïence de Rouen ; décor polychrome en plein, dit *au vase fleuri*.

20 — **Rouen**. Très grand plat rond en ancienne faïence de Rouen bleu et rouge. Au fond, grand motif de cinq personnages chinois dans un paysage, entouré d'une bande de rinceaux de fleurs et feuillages. Le marli est couvert d'un joli lambrequin.

Diam., 50 cent.

21 — **Rouen**. Petite bannette en ancienne faïence de Rouen bleu et jaune. Au fond, quatre enfants forgerons. Sur le bord et la chute, grand lambrequin.

Haut., 215 millim.; larg., 32 cent.

22 — **Rouen**. Jardinière-applique, de forme côtelée, en ancienne faïence de Rouen ; décor polychrome *à la corne*.

Haut., 12 cent. ; larg., 25 cent.

23 — **Rouen**. Compotier, de forme octogonale, en ancienne faïence de Rouen ; décor camaïeu bleu. Au fond, cul-de-lampe. Sur le marli et la chute, grand lambrequin.

Diam., 24 cent

24 — **Rouen**. Trois plats ronds en ancienne faïence de Rouen ; décor polychrome *à la corne*. (Seront divisés.)

Diam., 30 cent.

25 — **Rouen**. Deux petits compotiers, de forme octogonale, en ancienne faïence de Rouen ; décor polychrome, dit *au sainfoin*. Au marli, petite bande quadrillée.

Diam., 2· cent.

26 — **Rouen**. Deux compotiers, à bord contourné, en ancienne faïence de Rouen ; décor polychrome en plein de Chinois, pagode, arbustes et ornements divers.

Diam., 25 cent.

27 — **Rouen**. Assiette en ancienne faïence de Rouen ; décor polychrome de Guillibeaux, dit *à la barrière*. Au marli, ornements quadrillés avec quatre réserves de fleurs.

28 — **Rouen**. Assiette en ancienne faïence de Rouen ; décor polychrome. Au fond, pagodes, arbustes et oiseau. Le marli est couvert de six marguerites jaunes et réserves de fleurs et feuillages sur fond bleu.

29 — **Rouen**. Assiette, à bord contourné, en ancienne faïence de Rouen polychrome ; décor, dit *au carquois*.

30 — **Rouen**. Deux chiens : lévrier et levrette, sur terrasses rectangulaires, en ancienne faïence de Rouen.

Haut., 22 cent.; larg. 19 cent.

31 — **Rouen**. Pichet à cidre en ancienne faïence de Rouen polychrome. Sur la face, grand médaillon lobé renfermant saint Pierre dans un paysage ; sur les côtés et le revers, ornements divers. Au bas, l'inscription : *Pierre Duhamel*, 1777.

Haut., 27 cent.

32 — **Rouen**. Bannette, à anses torses mouchetées, en ancienne faïence de Rouen ; décor camaïeu bleu de fleurons et pendentifs.

Haut., 25 cent.; long., 42 cent.

33 — **Saint-Cloud (?)**. Brûle-parfums, de forme ovoïde, sur terrasse avec trois lapins, en ancienne porcelaine tendre blanche, décorée de fleurs et feuillages en relief. (*Manque le couvercle*).

Haut., 17 cent.

34 — **Sceaux**. Assiette, à bord contourné doré, en ancienne faïence de Sceaux ; décor polychrome. Au fond, deux oiseaux dans des roseaux ; sur le marli, fruits et oiseaux.

35 — **Sceaux**. Plat oblong, à bord contourné, en ancienne faïence de Sceaux ; décor polychrome. Au fond, bouquet de fleurs et feuillages ; sur le marli, quatre bandes rayonnantes avec rinceaux sur fond rose.

Long., 34 cent.

36 — **Suède (?)**. Chien en faïence, décoré au naturel.

Haut., 24 cent.

37 — **Terre cuite**. Groupe, composé de deux enfants supportant un vase couvert, de forme ovoïde, sur socle ovale, en terre cuite, dans la manière de MARIN.

Haut., 42 cent.; larg., 28 cent.

38 — **Venise**. Petit sucrier, de forme lobée, avec son couvercle ayant comme bouton une fleur, en ancienne porcelaine de Venise ; décor polychrome et or d'amours dans des paysages, dans le goût des porcelaines de Saxe.

Haut., 95 millim.; long., 105 millim.

TABLEAUX

BOUCHÉ

(A.)

39 — *Les Bords de la Marne. 1902.*

Toile. Haut., 42 cent.; larg., 54 cent.

BOUCHÉ

(A.)

40 — *Effet d'Automne.*

Toile. Haut., 33 cent.; larg., 41 cent.

BOUDIN

(A.)

41 — *Port de Mer.*

Panneau. Haut., 20 cent.; larg., 27 cent.

DINET

(E.)

42 — *Entrée de Village. 1886.*

Toile. Haut., 31 cent.; larg., 55 cent.

HARPIGNIES

43 — *Bords de la Loire. 1887.*

Panneau. Haut., 23 cent.; larg., 35 cent.

INCONNU

44 — *Sous-bois.*

Carton

JEANNOT

(J.)

45 — *Fontainebleau, Hiver.*

Aquarelle.

LAURENS

(J.-P.)

46 — *Étude pour le plafond du Palais de la Légion d'Honneur. (Salle du Livre d'or.)*

INCONNU

XVIIe siècle

47 — *Diane et deux suivantes, vues en buste.*

Toile.

48 — Enluminure sur parchemin, collée sur panneau, et représentant une composition religieuse figurant la Vierge et l'Enfant, et divers saints personnages et attributs. A la partie inférieure, texte en français. Encadrement de rinceaux. Fin du xve siècle.

ÉCOLE ALLEMANDE

XVe siècle

49 — ***Devant d'autel, présentant une composition tirée de l'histoire d'une Sainte.***

Au centre, six anges, vêtus de robes blanches, ensevelissent la Sainte dans son tombeau.

A gauche, la Sainte est debout, couronnée et nimbée, la gorge transpercée par une épée. Devant elle, un donateur et ses trois fils sont agenouillés en prières. Dans le coin, un écusson d'armoiries.

A droite, une Sainte femme, couronnée et nimbée, tenant un dragon; devant elle, une donatrice et ses six filles agenouillées en prières. Dans le coin, un écusson d'armoiries.

Bois. Haut., 90 cent.; long., 2 m. 50 cent.

ART FRANÇAIS

XVe siècle

50 — *Tableau d'autel.*

Représentant la Vierge drapée, voilée et nimbée, assise, et tenant sur ses genoux le Christ mort : à ses côtés, à gauche, un saint évêque debout, accompagné d'un moine agenouillé, vêtu de blanc.

A droite, un saint moine, vêtu de blanc, nimbé, et tenant une crosse de la main gauche, porte une église de la main droite, et, debout derrière lui, un évêque tenant une croix et un livre.

Bois. Haut., 70 cent.; larg., 1 m. 75 cent..

(*Provient des environs de Chaumont* (*Haute-Marne.*)

OBJETS VARIÉS

51 — STATUETTE en terre cuite antique : Jeune femme debout, drapée dans un long manteau et appuyée contre une colonne. Tanagra.

Haut., 18 cent.

52 — GARDE DE SABRE, en fer ciselé et incrusté, à décor de fleurs, feuilles et oiseaux. Travail japonais, XVIIIe siècle.

(*Vente Hayashi.*)

53 — GARDE DE SABRE en fer ciselé et ajouré, à décor d'un vol d'oiseaux au-dessus des flots. Travail japonais, XVIIIe siècle.

(*Vente Hayashi.*)

54 — PETITE BOITE, de forme octogonale, en émail peint de Canton, décorée d'un personnage monté sur un cerf et passant dans un paysage. Elle contient deux compartiments, de forme irrégulière, disposés sur les côtés de la boîte et se coulissant comme des tiroirs. Ancien travail chinois.

55 — PLAQUE en émail peint en couleurs, de forme rectangulaire, à coins coupés, représentant saint Maur, tenant une palme et une crosse, agenouillé devant l'autel, à l'intérieur d'une église. A la partie supérieure, un ange, portant des couronnes, apparait dans une nuée. En bas, la légende : *S. MAVRVS*. Atelier de *Jean Limosin*. Limoges, fin du XVIe siècle.

Haut., 95 millim.; larg., 75 millim.

56 — Petite plaque rectangulaire en émail peint en couleurs, représentant saint Augustin, assis, tenant un livre. Fond bleu, encadrement de fleurettes polychromes. Atelier des *Nouailher*. Limoges, XVIIe siècle. Cadre doré.

Haut., 7 cent ; larg., 6 cent.

57 — Deux petits montants d'encadrement en bronze ciselé et doré, formés de cariatides ornementées. XVIe siècle.

Haut., 14 cent.

58 — Marmite en dinanderie, à deux anses latérales. La panse est décorée de nervures concentriques.

59 — Puisette en dinanderie ; elle est munie de deux déversoirs façonnés en têtes d'animaux et d'une anse mobile surélevée.

60 — Girouette en fer forgé, en forme de croix fleuronnée, et surmontée d'un coq en cuivre repoussé avec traces de dorure. XVIe siècle.

Hauteur totale : 1 m. 90 cent.

61 — Vitrail rectangulaire peint en grisailles, représentant le Christ en croix. Sur les côtés, deux morceaux de bordures à décor d'arabesques. XVIe siècle.

Haut., 77 cent ; larg., 59 cent

62 — Sept morceaux de vitraux peints en couleurs et en grisailles : Christ, Anges, saint Jean-Baptiste, ornements divers. XVe et XVIe siècles. (Seront divisés.)

63 — Vitrail rectangulaire peint en grisaille, représentant le Christ en croix et deux anges tenant chacun un calice. XVe siècle.

Haut., 55 cent.; larg., 45 cent.

64 — Antiphonaire imprimé sur papier ; il porte le nom de *Claudius Ionnes Baptista Hérissant MDCCXLVIII.* Reliure en cuir fauve, garnie d'appliques de cuivre.

65 — Histoire *de la Maison de Montmorency.* Volume cartonné. XVIIe siècle.

66 — Coffret en fer gravé, de forme rectangulaire, à couvercle plat, muni d'une serrure ornementée. XVIIe siècle

67 — Petit trépied en fer forgé, muni de crochets et orné d'une tête de dragon.

68 — Trois grandes pentures en fer forgé, à décor de rinceaux ajourés. XVIIe siècle.

69 — Grand lutrin en fer forgé, à tige-balustre moulurée accostée de trois dauphins. Le pupitre est décoré de rinceaux et de rosaces.

70 — Cadran astronomique en fer peint, composé de divers cercles gradués indiquant les mois, les quantièmes, les signes du zodiaque, etc. XVIIe siècle.

71 — Petite cage ancienne en cuivre jaune, de forme sphérique, munie d'un plateau de suspension en cuivre repoussé décoré d'une rosace.

72 — Couronne de suspension en bois sculpté et doré.

SCULPTURES

73 — Petit groupe en pierre sculptée, représentant la Vierge debout, drapée, portant l'Enfant Jésus sur le bras droit. Elle présente à l'enfant un volumineux chapelet. Fin du xve siècle.

Haut., 48 cent.

74 — Petite statuette en pierre sculptée, avec traces de polychromie : Ange debout portant un porte-cierge. Fin du xve siècle.

Haut., 52 cent.

75 — Statuette de diacre, debout, tenant un livre. Il est vêtu d'un manteau garni d'un col et de bandes brodées. Bois sculpté, peint et doré. Fin du xve siècle.

Haut., 1 m. 05 cent.

76 — Petit groupe en pierre sculptée, avec traces de polychromie, représentant la Mise au Tombeau. Composition à sept personnages. xvie siècle.

Haut., 29 cent.; larg., 40 cent.

77 — Deux petites statuettes en bois sculpté et polychromé : La Vierge et saint Jean, debout, vêtus d'amples manteaux. xve siècle.

Haut., 32 cent.

78 — Petite tête d'homme en pierre sculptée et peinte au naturel. xvie siècle.

79 — Petit buste de saint Évêque, mitré, en pierre sculptée, sur socle adhérent rectangulaire. xvie siècle.

Haut., 43 cent.

80 — Petite statuette en bois sculpté et peint, représentant saint André, debout et drapé, appuyé sur la croix. xvi° siècle.

Haut., 32 cent.

81 — Petite statuette en bois sculpté et peint, représentant un Apôtre debout sur un socle adhérent mouluré. xv° siècle.

Haut., 35 cent.

82 — Statuette de Vierge en pierre sculptée. Elle est représentée debout, couronnée et voilée, vêtue d'un manteau dont les plis sont gracieusement drapés. Elle tient une rose de la main droite, qu'elle présentait à l'Enfant Jésus. xiv° siècle.

Haut., 82 cent.

83 — Statuette en bois sculpté, avec traces de polychromie, représentant saint Landry, vêtu d'un manteau, coiffé d'une mitre et tenant un pain de ses deux mains. xv° siècle.

Haut., 72 cent.

84 — Statuette en pierre sculptée, avec traces de polychromie et de dorure, représentant saint Antoine, debout, tenant un livre, et appuyé sur son bâton auquel est suspendu un chapelet. A ses pieds, son compagnon. xv° siècle.

Haut., 70 cent.

85 — Petit bas-relief sans fond, représentant le Christ mort étendu sur les genoux de la Vierge. A gauche, un saint personnage, debout. xv° siècle. Bois sculpté.

Haut., 37 cent ; larg., 33 cent.

86 — Bas-relief rectangulaire en albâtre sculpté, avec traces de peinture, et représentant l'Annonciation. Fin du xive siècle.

Haut., 15 cent.; larg. 26 cent.

87 — Groupe en bois sculpté et peint : Vierge, debout, drapée et couronnée, tenant sur son bras gauche l'Enfant Jésus vêtu d'une chemise déboutonnée. xve siècle.

Haut., 1 mètre.

88 — Saint Jean-Baptiste, debout, tenant l'Agneau posé sur sa main gauche. Bois sculpté. xve siècle.

Haut., 95 cent.

89 — Buste en bois sculpté et peint provenant d'une statuette de Christ en croix. xive siècle.

Haut., 35 cent.

90 — Saint Jacques pèlerin, debout, couvert d'un manteau, coiffé du chapeau garni d'une coquille, et tenant le bâton auquel est suspendue une gourde. Bois sculpté et peint. xvie siècle.

Haut., 85 cent.

91 — Christ en croix, les pieds croisés l'un sur l'autre. Bois sculpté et peint. xiiie siècle.

Haut., 1 mètre.

92 — Saint Martin à cheval, partageant son manteau. Statuette en bois sculpté et polychromé. xve siècle.

Haut., 75 cent.

93 — Petit groupe d'applique en bois sculpté, représentant la Vierge et une Sainte Femme agenouillées, en prières, et saint Jean, debout, près d'elles. xve siècle.

Haut., 30 cent.

94 — La Crucifixion. Trois statuettes d'applique en bois sculpté, avec traces de polychromie : La Vierge est debout, drapée et voilée, les mains jointes. Saint Jean, debout et drapé dans un manteau, tient de sa main gauche un livre enfermé dans un sac. Le Christ a les pieds croisés, la tète inclinée vers l'épaule droite. xve siècle.

Haut. du Christ, 1 m. 05 cent.
Haut. des statuettes, 85 cent.

95 — Sainte Marthe, vètue d'un curieux costume du xvie siècle, est debout sur le dragon, les mains jointes. Bois sculpté et polychromé. Ecole de l'Ile-de-France, xvie siècle.

Haut., 86 cent.

96 — Petite statuette en pierre sculptée et polychromée, représentant la Vierge debout, voilée, drapée dans un ample manteau dont un pan relevé, maintenu sous le bras, retombe en plis gracieux du côté gauche. Elle tient étendu sur ses bras l'Enfant Jésus, qui met deux doigts dans sa bouche. Socle adhérent mouluré, orné, sur la face et sur les côtés, de rosaces quadrilobées ajourées. Fin du xve siècle.

Haut., 67 cent.

97 — Groupe en pierre sculptée et polychromée, représentant l'Éducation de la Vierge : Sainte Anne, debout, voilée, vètue d'un grand manteau, tient un livre ouvert, dans lequel lit la Vierge, debout en face d'elle, vètue d'un curieux costume à manches garnies de crevés et coiffée d'un bonnet formé de galons gemmés. École de Troyes, xvie siècle.

Haut., 90 cent.

98 — Socle en pierre sculptée, formé de trois petits chapiteaux feuillagés accouplés. XIIIe siècle.

Haut., 21 cent.

99 — Socle en pierre sculptée, formé de colonnettes accouplées et surmontées chacune d'un chapiteau feuillagé à crochets. Fragment de pilier. XIIIe siècle.

Haut., 40 cent.

100 — Colonne unie en pierre, sur base moulurée et surmontée d'un chapiteau feuillagé. XIIe siècle.

Haut., 1 m. 30 cent.

101 — Statuette en pierre sculptée, représentant une Sainte Femme drapée dans un ample manteau, dont les plis retombent gracieusement devant le corps. Elle tient un livre et un bouquet. XVe siècle.

Haut., 55 cent.

102 — Groupe en bois sculpté, avec traces de polychromie, représentant la Vierge assise, drapée et couronnée, tenant l'Enfant Jésus assis sur son genou gauche et bénissant. Elle tient une rose de la main droite. XVe siècle.

Haut., 80 cent.

103 — Statuette en pierre sculptée, avec traces de polychromie, représentant un saint moine debout, drapé dans un ample manteau. Fin du XVe siècle.

Haut., 85 cent.

104 — Petit groupe en pierre polychromée : Vierge, debout, tenant l'Enfant Jésus sur son bras gauche. Elle porte de la main droite une coupe remplie de fruits. XVIe siècle.

Haut., 37 cent.

105 — Haut relief en pierre sculptée, représentant la Vision de saint Hubert. xviie siècle.

Haut., 40 cent.; larg., 45 cent.

106 — Statuette en bois sculpté et peint, représentant saint Jean debout, drapé dans un long manteau, la main droite rapprochée de son visage, et tenant un livre de la main gauche. Travail espagnol, fin du xive siècle.

Haut., 70 cent.

107 — Deux bas-reliefs, de forme elliptique, en bois sculpté, représentant saint Roch et saint Sébastien. xvie siècle.

108 — Deux panneaux rectangulaires en bois sculpté en bas-relief et polychromé, représentant chacun un saint personnage assis devant un prie-dieu et lisant. xviie siècle.

Haut., 42 cent.; larg., 32 cent.

109 — Quatre petites statuettes d'applique en bois sculpté et polychromé, représentant des personnages vêtus de curieux costumes et tenant des banderoles et divers attributs. xvie siècle. Hoo.-

Haut., 38 cent.

110 — Statuette en bois sculpté, représentant la Vierge debout, tenant l'Enfant Jésus. xvie siècle.

Haut., 28 cent.

111 — Statuette en bois sculpté, représentant la Vierge debout, voilée et couronnée.

Haut., 31 cent.

112 — Buste de femme en pierre sculptée et polychromée. Travail italien.

113 — Dragon sculpté en serpentine. Travail italien.

Long., 19 cent.

MEUBLES, SIÈGES, ETC.

114 — Petite console demi-lune avec ceinture ajourée, sur un pied forme volute en bois sculpté doré. Dessus de marbre. Époque Louis XVI.

Haut., 84 cent.; diam., 60 cent.

115 — Commode, de forme bombée, à deux tiroirs, en marqueterie de fleurs et damiers. Sur le devant, un grand médaillon renfermant un bouquet de fleurs. Chutes, sabots et poignées en bronze doré. Dessus en marbre brèche d'Alep. Époque Louis XV.

Haut., 85 cent ; larg., 1 mètre ; prof., 45 cent.

116 — Pendule en bois sculpté et doré, à mouvement contenu dans un large médaillon circulaire disposé sur un socle orné d'une tête de lion, et flanqué de deux fûts de colonnes surmontés de vases-balustres. Sur le mouvement, une statuette de Minerve, tenant la lance et le bouclier, est debout entre deux guirlandes de feuilles. Époque Louis XVI.

Haut., 90 cent.

117 — Quatre chaises en bois sculpté, sièges et dossiers garnis de velours rouge frappé et ornés de clous de cuivre et de franges d'or. XVIIe siècle.

118 — Six chaises en bois sculpté, garnies de cuir clouté de cuivre. Les montants des dossiers sont surmontés de palmettes sculptées et dorées. XVIIe siècle.

119-120 — Quatre fauteuils à lamelles, forme X. Travail italien.

121 — Rouet en bois sculpté, à colonnettes ornementées.

122 — PANNEAU, de forme irrégulière, provenant d'une rampe d'escalier, en bois sculpté et ajouré, à décor de rinceaux, dans lesquels sont des mascarons, des animaux et un enfant nu. XVIIe siècle.

Haut., 45 cent.; long., 1 m. 60 cent.

123 — PORTE de meuble en bois sculpté, ornée d'une figure allégorique de femme nue. Encadrement de moulures décorées de palmettes. XVIe siècle.

Haut., 57 cent.; larg., 40 cent.

124 — CADRE ovale Louis XIV en bois sculpté et doré.

Haut., 42 cent.; larg., 34 cent.

125 — CADRE rectangulaire en bois sculpté. Époque Louis XIV.

Haut., 38 cent ; larg., 29 cent.

126 — PRIE-DIEU en bois sculpté, muni d'une porte décorée d'un mascaron.

127 — CONSOLE, de forme contournée, en bois sculpté et doré. Dessus de marbre.

Larg., 1 m. 47 cent.

128 — GRAND CADRE en bois et pâte, sculpté et polychromé, de forme architecturale, composé de deux colonnettes ornementées disposées sur un entablement mouluré et supportant un fronton triangulaire. Travail italien.

Haut. totale, 1 m. 80 cent.; larg., 1 mètre.

129 — CADRE, de forme architecturale, à peu près analogue au précédent.

Haut. totale, 1 m. 80 cent.; larg., 1 mètre.

130 — Porte, à deux vantaux décorés de panneaux à motifs Renaissance, à décor de médaillons, animaux et cariatides, disposés au milieu de rinceaux. Les portes sont séparées par un pilastre cannelé et surmontées d'un fronton mouluré. Poignées et charnières en fer.

Haut., 2 m. 35 cent.; larg. de chaque vantail, 1 mètre.

131 — Cheminée, de style Renaissance, en bois sculpté. Les montants sont formés de colonnettes cannelées à chapiteaux feuillagés, et le bandeau sculpté est surmonté d'une glace ornée de deux figurines-appliques d'enfants nus en bois sculpté.

132 — Cheminée en pierre, de style gothique, formée de deux montants tors surmontés de griffons et posés sur des bases ornées de figurines de lions couchés. Le bandeau présente des animaux au milieu de rinceaux; et la hotte est décorée d'un écusson armorié.

N° 133

TAPISSERIE

133 — **Tapisserie flamande du XVIe siècle.**

De forme rectangulaire en largeur; elle présente, sur un fond de verdure semé de fleurettes multicolores, trois médaillons circulaires formés de couronnes de fleurs et contenant une composition à très petits personnages, représentant, pour l'un, placé au centre, une chasse au cerf, et, pour chacun des médaillons des côtés, divers personnages festoyant sous une tonnelle au milieu d'un jardin. A la partie supérieure de chacun des médaillons, retenu par un ruban attaché à une tête de chérubin, est suspendu un écusson d'armoiries. La bordure étroite est formée d'une guirlande de fleurs et de fruits inscrite entre deux galons présentant des losanges et des entrelacs.

H., 1 m. 75 cent.; long., 5 m. 85 cent.

Une tapisserie du même genre fait partie des *Collections de M. Pierpont Morgan*, et a été exposée à la *Galerie Seligmann*, en octobre 1912, n° XI du Catalogue.

ÉTOFFES

PARTIE DE TENTURE EN CUIR DE CORDOUE

134 — Garniture de lit en étoffe damassée gris-bleu, avec applications de damas crème, simulant des colonnes torses enguirlandées de pampres et de feuillages cernées d'une fine passementerie de métal argenté. Ce riche décor de lit, très complet, est monté sur un châssis de bois blanc, et se compose d'un dessus de lit, d'un ciel de lit, de bandeaux extérieurs et intérieurs, d'un fond de lit garnissant le chevet, et de larges rideaux permettant de fermer le lit entièrement. Le dais est surmonté de quatre panaches de plumes placés aux angles. xviie siècle.

135 — Chape en tissu damassé et ornée de bandes de broderies, présentant des saints personnages inscrits dans des médaillons. xvie siècle.

Long. des broderies, 2 m. 90 cent.

136 — Deux bandeaux en broderies de soies de couleurs et applications sur fond jaune et encadrés de passementeries et galons de métal doré.

Haut., 31 cent.; long., 2 m. 25 cent. — 1 m. 75 cent.

137 — Deux bandeaux en soierie verte, avec applications de paillettes cousues formant des imbrications. A la partie inférieure, guirlandes de feuilles et de coquilles brodées.

Long., 2 m. 60 cent. — 4 mètres.

N° 134

HÉLIO LÉON MAROTTE

138 — Chasuble en velours vert ciselé.

139 — Chasuble en velours frappé rouge sur fond jaune.

140 — Grande coupe d'étoffe en brocart fond vert.

141 — Grande coupe d'étoffe damassée à fond vert, à ramages dorés.

142 — Coupe de brocatelle à fond jaune, à décor de larges palmettes et rinceaux vert amande.

Haut., 2 m 40 cent.; larg., 60 cent.

143 — Tapis de table en tissu de laine fond jaune, à motifs de palmettes, animaux, arbustes, vases fleuris, etc.

144 — Chape en soierie ancienne rayée à fond blanc, bordée de galon jaune.

145 — Chape en soierie ancienne rayée fond marron, bordée de galon doré.

146 — Deux chapes en damas rouge, avec orfrois en étoffe brochée à fleurs.

147 — Coupe de soierie moirée rayée fond jaune.

148 — Coupe de damas de soie jaune.

149 — Deux coupes de damas rouge.

150 — Lot de damas rouge.

151 — Petit tapis de table en velours marron, avec broderies et applications en couleurs.

152 — Trois bandeaux, formés de morceaux de bordures de tapisserie ancienne.

153 — Quatre morceaux d'étoffes variés.

154 — Lot de cuir de Cordoue ancien, à rinceaux fleuris en couleurs sur fond doré. Ces divers morceaux peuvent former une tenture d'environ seize mètres carrés.

www.ingramcontent.com/pod-product-compliance
Ingram Content Group UK Ltd.
Pitfield, Milton Keynes, MK11 3LW, UK
UKHW021039180726
13838UKWH00004B/1900